NOBLE
ET MARTYR

Par Aymé CÉCYL.

LIBRAIRIE DE J. LEFORT

IMPRIMEUR, ÉDITEUR

LILLE | PARIS
rue Charles de Muyssart, 24 | rue des Saints-Pères, 30

NOBLE ET MARTYR

In-12. 5e série.

Une heure plus tard, le château de Frendranght
paraissait tout entier plongé dans un profond silence.

NOBLE
ET MARTYR

PAR AYMÉ CÉCYL

QUATRIÈME ÉDITION

———❦———

LIBRAIRIE DE J. LEFORT

IMPRIMEUR ÉDITEUR

LILLE | PARIS

rue Charles de Muyssart, 24 | rue des Saints-Pères, 30

1878

NOBLE ET MARTYR

Par une belle matinée d'octobre de l'année 1630, deux femmes, assises sur des escabeaux en face de la cheminée de la nursery de Strathbogie-castle (le Huntly moderne), l'une des plus belles résidences de l'Ecosse, s'occupaient à emmailloter un enfant âgé seulement de quelques jours. Le nouveau-né poussait des cris aigus; on aurait dit que la pauvre petite créature regrettait déjà son

entrée dans le monde, et qu'elle protestait
de toute la force de ses poumons contre les
épreuves qu'elle était appelée nécessaire-
ment à y subir.

Des deux femmes qui en ce moment
s'ingéniaient à faire la toilette du nouveau-né, l'une paraissait avoir passé le
méridien de la vie, tandis que toutes les
fleurs de la jeunesse s'épanouissaient sur
les joues un peu trop écarlates de l'autre.
Evidemment, l'aînée de ces deux femmes
n'avait point pris naissance dans cette
froide Ecosse, où le soleil contristé rivalise
si mal avec le givre qui reste maître de la
place presque en toute saison! Sa chevelure
noire mêlée de fils d'argent, sa peau brune,
ses manières décidées, et surtout le ton d'au-
torité qu'elle s'arrogeait avec sa compagne,
décelaient en elle une origine étrangère;
tandis que sa coiffe à papillon recouverte

du chaperon de velours noir évasé, retenu
par des épingles de métal, la faisaient recon-
naître pour une Française. Elle portait une
casaque en serge de couleur foncée avec
une guimpe plissée au cou, ajustement com-
mun à toutes les servantes de second ordre
des nobles maisons de ce temps-là. Dame
Manon, ainsi que la nommait sa maîtresse,
la marquise de Huntly, n'était effectivement
qu'une chambrière en sous-ordre d'une des
femmes de la noble marquise; mais sa
qualité de Française, son expérience, son
dévouement avaient déterminé le choix
qu'on avait fait d'elle, tant pour attifer
l'enfant qu'elle emmaillottait le jour de son
baptême que pour mettre en fonction la
robuste montagnarde qui devait lui servir de
nourrice.... Les pieds nus de celle-ci, son
plaid rouge et sa chevelure inculte contras-
taient si fort avec le luxe qui régnait dans la

nursery de Strathbogie-castle, qu'on aurait
été tenté de la comparer à un pauvre pinson
entré par mégarde dans une cage d'or....

Sa rudesse, sa grossièreté, les sons
gutturaux qui sortaient de son gosier pour
prononcer la langue erse, seul idiome dont
elle sût se servir, inspiraient le plus profond
mépris à la Française, bien qu'un long séjour
en Ecosse eût depuis déjà bon nombre
d'années habitué celle-ci à semblable société;
mais dame Manon, glorieuse d'avoir été
appelée à remplir, près du noble rejeton
de ses maîtres, un office ordinairement dé-
volu aux gens de service d'un rang supérieur au sien, ne perdait aucune occasion
de faire sentir son importance à la pauvre
montagnarde. « Pour l'amour de Dieu,
Maggie, lui dit-elle, faites trêve, s'il se peut,
à vos doléances, et épargnez-vous surtout de
toucher à cet enfant! vos doigts, ma chère,

sont trop rudes pour approcher sans danger
de ces dentelles et d'une aussi fine batiste.
Contentez-vous de me regarder faire, tenez la
pelotte à portée de ma main et ne mettez
pas ainsi votre visage au-dessus de celui de
votre nourrisson!... Bien! voici la toilette
terminée, ce n'est pas sans peine! Mais
aussi l'on n'a jamais vu, je pense, un plus
charmant baby que cette petite mignonne!
Voyez combien elle est belle! Ne dirait-on
pas un véritable chérubin? Ses atours de
baptême lui vont à ravir! Quel dommage
que tous les gens de la paroisse ne soient
pas appelés à contempler tant de magnifi-
cence! En vérité, c'est bien dommage!
Cette petite a déjà des airs de princesse!
Elle ressemblera, si j'en crois mon pressen-
timent, à sa grand'tante, la sainte martyre,
la belle reine Marie Stuart. Regardez, Maggie, elle a déjà les yeux aussi beaux que

ceux de lord Melgum, le dernier et le
mieux aimé des fils du marquis de Huntly,
de ceux qui doivent dans l'avenir perpé-
tuer l'illustre race de Gordon ! Puisse aussi
Dieu donner à cette belle mignonne le
charme irrésistible que possède sa grand'-
mère, ma noble maîtresse et la cousine de
notre gracieux souverain Charles Ier d'Angleterre ! car, voyez-vous, ma chère,
ajouta-t-elle avec fierté, on n'est pas
mieux apparenté que cette fillette-là, et
c'est un grand honneur pour vous d'être
appelée à nourrir de votre lait cette enfant
qui est....

— Il me semble, se hasarda de dire Maggie en interrompant vivement la berceuse,
il me semble que cette petite pourrait, sans
inconvénient pour sa beauté, emprunter
quelque chose au visage de sa mère. La
colombe n'est pas plus blanche ni plus douce

que l'est lady Aboyne, l'épouse du vicomte
Melgum ; du reste, continua-t-elle, il n'y a
dans ce château que monseigneur le marquis
qui ne se montre point facile aux pauvres
gens ! »

Dame Manon soupira, et sans répondre
directement à la dernière réflexion de la
nourrice, elle reprit d'un ton légèrement
dédaigneux : « Lady Aboyne, ma bonne,
est, je n'en disconviens pas, assez jolie
pour une Ecossaise ; mais il y a autant
de différence entre sa personne et celle de
sa belle-mère, Henriette Stuart, marquise
de Huntly, qu'entre les roches nues et
les alentours marécageux du manoir de
Gicht, habité par votre ancien maître
le baron de Gordon, et les trois de-
meures princières de sa seigneurie le grand
marquis de Huntly dont je tiens sur mes
genoux la petite-fille. Vous n'avez qu'à

choisir l'objet de votre préférence : sera-ce
Aberdeen ou Strathbogie ? ou bien encore,
le château de Bogangicht, situé dans le
Bausshire, près d'Elgin, à l'embouchure de
la Spey (1) ? Le nom de cette dernière habitation rappelle celui de l'aire de vautour,
que vous regrettez si amèrement et avec
si peu de raison, au lieu de vous enor-
gueillir de votre introduction dans Strathbogie-castle, et dans une famille dont
l'arbre généalogique fait branche dans celui
de nos rois !... Mais, continua-t-elle avec
feu et sans permettre à sa compagne de
l'interrompre, vous ne savez pas ce que
valent les distinctions du grand monde !
Ah ! si comme moi vous aviez eu l'honneur de naître en France ; si vous con-
naissiez Paris et ses merveilles ; si vous
aviez vécu chez Esme Stuart, premier duc

(1) C'est aujourd'hui le Gordon moderne.

de Lennox-Aubigny; si vous aviez connu Catherine de Balzac d'Entragues, la vaillante mère de ma maîtresse; si vous aviez comme moi accompagné celle-ci quand elle vivait à Holyrood dans le palais du roi Jacques, qui était son tuteur, vous n'estimeriez plus tant vos bruyères, et vous n'apprécieriez le sire de Gordon de Gicht que comme l'écuyer du noble marquis de Huntly dans la maison duquel vous avez présentement le bonheur de servir. »

Maggie avait écouté cette longue et orgueilleuse tirade avec tous les signes de la plus vive impatience; le manoir de Gicht était à ses yeux le paradis terrestre, et elle allait en prendre énergiquement la défense, quand l'entrée de deux pages et d'une première femme de chambre coupa court à sa phrase.... Les uns et les autres tenaient le coussin et le manteau

aux armes des Gordon, qui devaient servir
à porter et à couvrir l'enfant de lord
Melgum, le quatrième fils du marquis de
Huntly, pendant la cérémonie de son baptême, qui devait avoir lieu dans cette même
matinée.

En d'autres temps, la cérémonie du baptême d'un rejeton du haut et puissant marquis de Huntly eût attiré dans son château
grande et nombreuse compagnie. On n'eût
point manqué de convoquer en cette occasion
le ban et l'arrière-ban des vassaux. Les
brillants chasseurs, les ménestrels, les joyeux
convives y eussent fait assaut d'adresse, de
chants et de poésie. Aucun chef de clan
n'eût manqué au rendez-vous de l'acte
pieux et solennel qui allait se célébrer à
Strathbogie. Mais, hélas ! à cette heure, cet
acte, comme s'il se fût agi d'un acte cri-
minel, devait être tenu secret ; il ne devait

s'accomplir que devant de rares et fidèles
témoins; il devait se passer à la dérobée,
sans éclat surtout. En ce temps-là, il
n'était point permis à un prêtre catholique
d'exercer son sacré ministère en Ecosse.
Thomas Chambers, celui-là même qui devait
plus tard devenir l'aumônier du cardinal de
Richelieu, était venu secrètement de Rome,
afin de baptiser Henriette Gordon, fille
du vicomte Melgum, et petite-fille du marquis de Huntly, l'un des chefs les plus
ardents du parti catholique sous le dernier règne.

La position des catholiques était, à cette
époque, devenue pour ainsi dire intolérable;
espionnés par les presbytériens et dénoncés
par eux aux conformistes, c'est-à-dire à ceux
qui, ayant adopté les règles de l'Eglise épis-
copale d'Angleterre, exerçaient en Ecosse les
charges de l'Etat, ils se voyaient chaque jour

entre ces deux ennemis, menacés dans leurs
personnes et dans leurs biens. Il était rare
qu'ils échappassent à ces menaces autrement
que par l'apostasie ou le faux serment. Le
marquis de Huntly était de ceux qui, par
deux fois, tant pour complaire au roi Jacques
que pour sauver sa tête, avaient humilié
leur âme par ce dernier moyen..... Mais il
n'avait point été suivi dans cette funeste
voie par sa femme Henriette Stuart de Darn-
ley-Aubigny, fille aînée du duc de Lennox,
et il en était résulté que sa félonie envers
Dieu lui avait peu servi pour sa sûreté,
et que le château de Strathbogie n'en était
pas moins regardé par les covenantaires
comme un dangereux repaire de catholiques
qu'il était utile de surveiller sans cesse et
toujours.

En attendant l'heure du baptême et pendant la toilette de la petite fille dont on

allait faire une chrétienne, le marquis et la marquise de Huntly, la comtesse de Douglas, une de leurs filles, le père Thomas Chambers, le vicomte Melgum et lord Rothiemaz de Gordon, voisin et parent de la noble famille, étaient réunis dans la grande galerie de Strathbogie qui aboutit à la chapelle du château....

Cette galerie est vraiment trop belle pour en passer la description. Elle reçoit le jour par seize fenêtres à vitraux colorés ouvrant sur un magnifique paysage au milieu duquel le petit ruisseau de Bogie se perd dans le Doveran, près du village de Huntly. On y monte par un escalier superbe dont les larges degrés soutiennent une rampe en pierre d'un travail admirable. Cette galerie, toute fouillée de fleurs et de fruits, se relie de distance en distance par de petites tours qui imitent en miniature les

tours des murs d'enceinte du château; car
Strathbogie n'est en réalité qu'une forteresse des anciens jours que son propriétaire
avait restaurée et meublée à la moderne
depuis 1602....

Les murs de cette galerie étaient tout
tapissés de faisceaux d'armes, de trophées
de chasse : six magnifiques cerfs en bois
sculpté occupaient les coins et le centre de
l'appartement, et de leurs colliers en cuir
de Russie pendaient les écussons des Stuart,
des Gordon, mêlés aux chevrons en sautoir
des Balzac d'Entragues.

La cheminée de cette salle était à elle seule
un monument, un chef-d'œuvre de sculpture.
Le portrait en pied de Marie Stuart tenant
dans ses blanches mains la harpe tradition-
nelle si chère aux Ecossais occupait le milieu de son vaste manteau, tandis que des
peintures allégoriques rappelant la visite de

l'aimable souveraine dans les montagnes d'Athol ornaient les deux montants.

En face de cette cheminée, un grand cadre enjolivé de guirlandes de fleurs sculptées dans le bois contenait des vers, des sentences, signés ici par Bhen-Johnson, plus loin par Drummond de Hawthorn, le premier ami, le second parent des ducs de Lennox, tous les deux poëtes, tous les deux célèbres, tous les deux ayant consacré par des chants et des louanges le souvenir de leur amitié et des assauts d'esprit qu'ils avaient soutenus durant le cours de l'hospitalité qu'ils avaient reçue, tant à Strathbogie-castle qu'au château de Bog, vers l'an 1618. Enfin au-dessous de ce cadre se trouvait un paysage représentant le loch Lomond chanté par les deux poëtes, tableau faisant le pendant d'une chasse à courre dans les basses terres.

Assis dans cette galerie, sur un grand

fauteuil à oreillettes, le marquis de Huntly,
le dos en voûte, la tête entre les épaules,
le front chauve et soucieux, les jambes
grêles, et vêtu d'un pourpoint de couleur
sombre, ne rappelait en rien l'élégant gentilhomme de la cour du roi Jacques; il
n'avait rien conservé non plus des signes
extérieurs qui caractérisaient jadis en lui
l'ancien chef du parti catholique, le hardi
guerrier, le grand politique. Nul œil n'eût
deviné, à la vue de ce vieillard décrépit
et morose, qu'il contemplait un de ces
fameux comtes *papistes* que le conseil privé
d'Ecosse forçait Jacques VI à condamner à
mort après la découverte de chaque complot
souvent imaginé par ceux qui avaient hâte de
s'en défaire!... condamnations que le roi
signait par crainte ou faiblesse, et qu'il com-
muait ensuite par justice, sympathie ou
affection. Rien ne décelait en lui le vainqueur

du fameux Mac-Callummore, le comte d'Argyle, le chef des montagnards! Le comte de
Huntly n'était plus à cette heure qu'un vieillard irrité et chagrin, irrité surtout ce jour-
là où la prudence lui interdisait de baptiser
sa petite-fille en grande pompe et au grand
jour.

« Et vous dites, madame, dit lord Melgum
en s'adressant à sa mère, ou du moins vous
trouvez peu sage que je charge le R. P. Thomas des réflexions écrites que j'avais cru
devoir adresser à mon frère d'Euzie au sujet
de la déconvenue qu'il vient d'éprouver dans
l'affaire de la lieutenance de la garde écossaise du roi de France.

— Oui, mon fils, répondit la marquise,
non-seulement je trouve peu sage de votre
part, mais encore je crois qu'il est impru-
dent d'aggraver, par quoi que ce soit, voire
même par une simple démarche, la position

que le temps et les revers nous ont faite en
ce monde !... J'avais, il est vrai, continuât-
t-elle d'un ton douloureux, j'avais espéré
qu'après la mort de votre oncle de Lennox,
la capitainerie de la garde écossaise près du
roi de France serait donnée, ainsi qu'elle l'a
été effectivement, à mon fils aîné le marquis
de Gordon, et que son frère d'Euzie lui suc-
céderait dans la lieutenance de la compagnie ;
je n'aurais jamais supposé, d'une autre part,
qu'un descendant de notre maison serait dis-
tancé par le fils de l'infâme Gray, de celui
qui a si lâchement trahi notre reine Marie
Stuart ; mais, hélas ! un fait trop certain,
c'est que le temps n'est plus où monseigneur
votre père tenait rang de prince dans les
basses terres !

— Non, madame, non, ce temps n'est
plus ! s'écria le marquis de Huntly que les
derniers mots de sa femme avaient sorti de

sa somnolence habituelle, non, ce temps n'est plus! Notre famille ressemble à ces arbres dont la foudre a frappé le faîte! Les jeunes rameaux de ces troncs inutiles verdissent mal et périssent tôt : ainsi sera des miens!

— Mon père!... Mon ami!.... Marquis! s'écrièrent tous ensemble les membres de son petit entourage, vos ennuis présents vous peignent l'avenir trop en noir!

— L'avenir! poursuivit le vieux marquis que le chagrin semblait avoir électrisé et dont le visage prit tout à coup l'expression des jours passés de sa jeunesse, l'avenir!... l'avenir est un mot d'espoir dont le bénéfice nous échappe; je ne vois autour de nous que regrets, persécution et malheur! Que suis-je maintenant au milieu des splendeurs de Strathbogie-castle? Je suis moins que rien, moins surtout que le dernier des

covenantaires de ma paroisse, qui a toujours,
lui, le pouvoir de me dénoncer comme
traître à la patrie, par cette raison que je ne
veux pas être traître à mon Dieu! Et peut-
être, poursuivit-il d'un ton amer, peut-être
verra-t-on demain le cousin du roi de la
Grande-Bretagne conduit au pilori pour
avoir fait de sa petite-fille une catholique,
une catholique comme l'était sa grand'-
tante Marie Stuart!... Et dans cette occasion,
Charles, pas plus que Jacques, ne pourrait
rien pour ceux de sa maison et de son
sang!... Voilà aujourd'hui ce qu'est devenue
ma puissance! voilà ce qu'est devenue la
royauté des Stuart! La liberté qu'ils pos-
sèdent sur le trône ressemble à celle qu'on
laisse au faucon sur le perchoir et qui ne
peut user de ses ailes sans être aussitôt
retenu par la main du chasseur!... Quant
à ce qui me regarde personnellement,

rapprochez les dates, et faites comparaison.
Aujourd'hui, 3 octobre, il y a trente-six
ans que celui que la loi force à se ca-
cher comme un voleur pour accomplir
l'acte le plus doux au cœur d'un père, le
baptême de sa fille! celui-là, à la tête du
clan des Camerons, faisait mordre la pous-
sière aux farouches Campbell, voyait fuir
devant lui le chef des Highlanders, le
comte d'Argyle, et enfin, en gagnant la
bataille de Glenlivet, faisait trembler sur
son trône le roi d'Ecosse.... Celui-là combat-
tait autrefois pour la religion de ses pères ;
aujourd'hui il se cache pour la pratiquer :
que fera-t-il demain pour elle ?

— Demain, s'écria lord Melgum avec feu,
demain, mon père, nous pourrons donner
notre vie pour sa sainte cause et remercier Dieu qu'il nous reste quelque chose
à lui offrir ! » Et en achevant ces paroles,

3

le jeune héros tourna son regard du côté
de son hôte Rothiemaz. Celui-ci rougit et
baissa la tête....

L'entrée de l'enfant et de ses berceaux
dans la galerie interrompit à propos une
discussion qui menaçait de devenir embar-
rassante. Lord Rothiemaz, comme beaucoup
de seigneurs de ce temps-là, avait, afin de
vivre tranquille dans son domaine, prêté un
serment à l'épiscopat, tout en restant au
fond de l'âme ardent catholique. Cette
conduite froissait la droiture de lord
Melgam, l'ami le plus cher de lord Rothiemaz, et lui fit lancer sur celui-ci, en
entrant dans la chapelle, un regard douloureux.

La cérémonie du baptême fut courte et
suivie de l'offrande du très-saint sacrifice;
puis, on passa dans les appartements de
lady Aboyne, afin de lui présenter la

nouvelle baptisée, à laquelle on venait de
donner le prénom d'Henriette.

A peine la petite société réunie au château de Strathbogie était-elle installée au bas
du lit à baldaquin entouré d'une grille et
dans lequel reposait la femme chérie du
vicomté de Melgum, que le bruit d'une
éclatante fanfare sonnée à la poterne et le
piétinement de plusieurs chevaux alarmèrent
tous les assistants.

Quels étaient les visiteurs qui s'annon-
çaient avec tant d'éclat ? étaient-ils amis ou
ennemis ? étaient-ce des agents presbytériens ?
fallait-il se préparer à recevoir une insulte,
à repousser une vexation ou bien à répondre
à un témoignage d'intérêt ?

L'indécision du marquis de Huntly ne dura
qu'une seconde. Un page souleva la portière
de la chambre à coucher de lady Aboyne, et
un héraut d'armes dénonça à haute voix, de

l'appartement voisin, la présence de lord
Cricthon de Frendranght entre les deux murs
d'enceinte de la forteresse de Strathbogie.

Aucune visite ne pouvait être en ce moment plus désagréable au marquis de Huntly
que celle de son voisin Cricthon.... Lord
Rothiemaz et lord Frendranght, bien qu'ils se
fussent juré amitié en se tenant par les mains
il y avait à peine de cela quinze jours, dans
la salle même de Strathbogie, avaient de
trop puissants motifs de s'en vouloir pour
que leur réconciliation eût été parfaitement
sincère; et le vicomte Melgum surtout parut
évidemment contrarié que lord Frendranght
insistât en ce jour pour être introduit chez
eux tandis que Rothiemaz était leur hôte;
mais le héraut d'armes ayant ajouté que
lord Frendranght était poursuivi par Leslie
de Pitcaple, qui avait à venger sur lui le
meurtre de son fils, tué la veille au soir

par un de ses gens, il ne fut pas possible
de lui refuser l'hospitalité; et, quelques minutes plus tard, Frendranght entrait dans la
grande salle de Strathbogie.

Rothiemaz portait encore le deuil de son
frère, tué en duel par lord Frendranght à
l'issue d'une dispute qu'ils avaient eue
ensemble à propos d'une pêche au saumon
dans le courant du printemps de cette même
année. Bien qu'en cette circonstance la loi
protégeât le meurtrier de Gordon de Róthie-
maz, celui-ci n'en fut pas moins, après cette
mort; en butte à toutes sortes d'outrages,
le ban et l'arrière-ban des Gordon ayant
juré de tirer une vengeance éclatante de
Frendranght dans le cas où ce dernier ne
donnerait pas satisfaction à Rothiemaz,
leur parent.

Frendranght temporisa devant ces menaces durant quelques mois; puis, ayant

3*

appris que trois cents Highlanders s'étaient
assemblés à Rothiemaz-hall dans le but de
mettre à exécution leur terrible projet, il
pensa qu'il était sage d'entrer en compo-
sition avec d'aussi puissants adversaires, et
proposa à Rothiemaz le rachat du sang de
son frère moyennant une somme d'argent et
un tribut annuel qu'il s'engagea à lui payer.
L'accord de cette capitulation, tout à fait dans
les mœurs de l'époque, s'était passé chez
le marquis de Huntly, et il ne parut pas,
à la contenance de Rothiemaz et de Fren-
draught, le jour qu'ils se rencontrèrent à
l'issue du baptême de la fille de lord Melgum,
qu'ils se souvinssent l'un l'autre de leurs
anciennes querelles.

Le vieux marquis, forcé en quelque sorte
de sortir de sa taciturnité pour remplir les
devoirs de l'hospitalité si chers et si sacrés
aux Ecossais, se montra presque gai durant

la soirée qui suivit ; et quand, le lendemain, Frendranght parla de regagner son castel, il fit armer ses nombreux serviteurs, et lord Melgum lui-même se mit en selle afin de l'accompagner et de lui prêter main forte dans le cas d'une fâcheuse rencontre avec Leslie de Pitcaple. Rothiemaz mit le comble à la courtoisie des habitants de Strathbogie envers Frendranght, en s'offrant généreusement à augmenter l'escorte qui devait, sous les ordres du vicomte de Melgum, le conduire jusque chez lui.

On arriva à Frendranght assez tard dans l'après-midi. Frendranght et sa noble compagnie mirent pied à terre, et la châtelaine, entourée de ses servantes, après avoir donné à laver aux gentilshommes, les invita à passer une nuit sous son toit.

C'eût été faire une cruelle injure à lord Frendranght que de refuser cette invitation.

Lord Melgum et Rothiemaz se décidèrent donc à l'accepter, en dépit du désir qu'ils avaient, l'un de se rendre près de son épouse, l'autre de revoir les tours du château de Lee.

Lady Frendranght fit à ses hôtes une magnifique réception, et la coupe d'honneur circulait encore sur la table hospitalière bien longtemps après le lever de la lune; quand enfin Frendranght prit des mains d'un valet une grande torche de résine pour aller lui-même conduire lord Melgum et lord Rothiemaz jusqu'à leurs appartements respectifs. Ces appartements étaient situés tous deux dans une haute tour au-dessus d'une voûte; le comte Melgum devait occuper le premier étage, et Rothiemaz le second; tandis que deux seuls valets seulement devaient reposer au troisième. On se sépara en se faisant réciproquement les souhaits d'usage ; et, environ une heure plus tard, c'est-à-dire vers minuit, le château de Frendrânght paraissait tout entier plongé dans le profond silence qui accompagne toujours les premières heures de la nuit et celles du sommeil....

Les voyageurs étaient las, et les événements qui s'étaient succédé les avaient disposés au repos; ils s'étaient couchés comme des gens qui ont hâte de goûter les douceurs de l'oreiller. Rothiemaz ne réfléchit pas un seul instant qu'il était, sans armes et sans défense, à la merci du meurtrier de son frère, de l'homme qui venait de lui acheter honteusement son pardon.

Tout au contraire, le vicomte de Melgam s'était endormi avec peine, en songeant à lady Aboyne, à ses yeux de pervenche, à sa chevelure d'or, à toutes les brillantes et solides qualités de sa vertueuse épouse dont il était temporairement séparé. Tout à coup son sommeil, qui n'était venu qu'à grand'peine lui fermer la paupière, fut interrompu par le bruit des pas des valets qui semblaient descendre en toute hâte l'escalier de la tour; lord Melgum ouvre les yeux; une lueur étrange se mêle, dans sa chambre, à la clarté de la lune et l'inonde d'une lueur sinistre : « Le feu ! le feu, monseigneur ! crie un des valets en fuyant, le feu ! »

A ces mots, le vicomte se précipite ; il ouvre sa porte et recule épouvanté : une aile de la tour est déjà la proie des flammes ; il n'a pas un instant à perdre pour se sauver, et s'élance sur les traces des serviteurs qui fuient. Encore quelques pas, et il sera dehors, à l'abri de toute crainte. Tout à coup il s'arrête ; il s'élance vers cet escalier funeste qui peut, d'un instant à l'autre, s'écrouler sous ses pas; il ne peut se décider à fuir sans avertir Rothiemaz du danger qui le menace.

« Rothiemaz! Rothiemaz! s'écrie-t-il éperdu et en secouant de toutes ses forces le gentilhomme toujours endormi, Rothiemaz! ne m'entendez-vous pas? il y va de la vie; ouvrez les yeux, l'incendie, l'incendie....

Rothiemaz s'éveille et comprend le généreux dévouement de Melgum; il le serre dans ses bras, lui jure une amitié éternelle, et tous deux s'élancent de nouveau sur l'escalier; mais, à cet instant, un épouvantable craquement les fait se rejeter du côté de la fenêtre de la chambre et jeter en même temps un cri d'angoisse; leurs yeux épouvantés contemplent avec horreur la flamme dont les jets étincelants occupent le vide de la tour, tandis que l'escalier, en s'écroulant, vient porter à leurs oreilles terrifiées un bruit dont les sons lugubres

ne peuvent se comparer qu'à ceux que
nous renvoient les planches de la bière sur
laquelle le fossoyeur jette la première pelle-
tée de terre !...

Cependant lord Melgum ne perd pas cou-
rage. Du bord de la fenêtre où les a rejetés
leur épouvante, il aperçoit une masse com-
pacte de gens qui se meuvent au pied de
cette même tour dans laquelle ils sont
enserrés par le feu : cette multitude est
probablement réunie là pour les secourir ; il
n'en doute pas et lui adresse les plus tou-
chantes prières : « Au secours ! au secours !
s'écrie-t-il de toute la force de ses poumons ; pour l'amour de Dieu, sauvez-nous
de la mort cruelle qui va nous saisir si
vous ne vous hâtez !... »

L'ardeur avec laquelle lord Melgum s'a-
dresse à la multitude l'empêche de s'aper-
cevoir qu'il jette au vide et au vent ses

accents douloureux ; il faut que Rothiemaz lui montre du geste la foule indifférente et hostile, pour que le rayon d'espérance qui illumine son noble visage s'efface de son front !

« Est-il bien possible, dit-il à son compagnon, qu'on nous laisse périr sans tenter au moins de nous porter secours ?

— Hélas ! je le crains, lui répondit Rothiemaz. Parmi ces gens qui circulent et s'agitent au bas de cette fenêtre, je ne vois point Frendranght ; où est-il pendant que le feu va nous engloutir ? que tente-t-il en faveur de ses hôtes ? Lord Frendranght se cache ; et peut-être sa main criminelle a-t-elle, dans l'ombre, allumé l'incendie qui va nous dévorer !... »

En achevant ces paroles, lord Rothiemaz détourne la tête en s'écriant :

« O Melgum ! l'horreur de notre situation

est pour moi un double martyre, puisque je suis deux fois la cause de votre perte !... »

Pour toute réponse, Melgum se jette dans ses bras. Les pauvres jeunes gens se tiennent quelques minutes enlacés et ne cherchent point réciproquement à se voiler leurs larmes ; puis, après avoir payé ce tribut de faiblesse à la nature humaine, ils se redressent, prêts à subir dignement le trépas douloureux qu'ils ne pouvaient pas éviter !

« Rothiemaz ! s'écrie alors lord Melgum, ne ferez-vous point pour votre âme, mille fois plus digne d'un effort de vertu que ce corps périssable qui tôt ou tard devait devenir cendre, ne ferez-vous point pour elle le sacrifice que j'ai fait pour sauver votre corps ? ne direz-vous point à cette foule qui vous êtes et dans quels sentiments vous comptez mourir ?

— Oui, s'écria Rothiemaz sur le visage

duquel brilla tout à coup une résignation sublime, oui, Melgum, je le dirai ! »

Alors il se passa, à la fenêtre de cette petite tour à moitié consumée par le feu, une de ces scènes émouvantes que le pinceau et la plume sont inhabiles à rendre.

Rothiemaz, après avoir d'un mot tendrement remercié lord Melgum, s'adressa à la foule indifférente ou vendue qui grouillait en désordre en bas de la tour, et commença une profession de foi catholique telle qu'à cette époque de persécution les martyrs de cette Eglise en adressaient à leurs bourreaux ; puis lord Melgum et lui entonnèrent le *Te Deum !* Le feu déjà montait jusqu'à leurs jambes, et les spectateurs de leur horrible supplice n'apercevaient plus leurs silhouettes que comme des ombres sur un rideau de lumière.

La vue de ces deux beaux jeunes gens

mourant d'une mort si cruelle, leur résignation, leur piété, et le chant sacré qui, comme
un encens, montait de leurs poitrines en
même temps que les flammes qui les consu-
maient, opérèrent une réaction instantanée
parmi la foule témoin de leur martyre; des
cris d'angoisses et de regrets éclatèrent de
toutes parts, on s'empressa au pied de cette
tour, on apporta des échelles, on essaya de
tendre des cordes, enfin on fit ce qu'on
aurait dû faire une demi-heure plus tôt.

Ces efforts tardifs et mal ordonnés ne
pouvaient aboutir à rien, sinon à se répandre
comme un baume consolateur sur le cœur
des suppliciés....

« Mes amis, s'écria lord Melgam touché
du mouvement qu'on avait tenté pour leur
délivrance, ne pleurez point sur nous; la
souffrance d'ici-bas est éphémère, et Dieu
est éternel !... »

Puis, détachant de son doigt l'anneau béni qu'il avait échangé le jour de son hymen avec sa jeune épouse, il le lança au milieu de cette foule impressionnée :

« Je lègue, dit-il, à votre sympathie le dernier chaînon qui m'attache en ce monde. Portez-le à lady Aboyne, et racontez-lui que lord Melgum est mort aussi fidèle à son amour qu'à sa foi en Jésus-Christ et au Chef visible de son Eglise! » Puis, sentant que les flammes allaient l'atteindre, il entonna de nouveau l'hymne de triomphe.

Le chant de gloire se confondit bientôt avec le bruit de la chute de la tour qui s'écroulait.

———

LUC BRETON

LUÇ BRETON

Vers le milieu du siècle dernier, le quartier nord, anjourd'hui si populeux, de Besançon ne possédait qu'une rue embrassant dans sa longueur le Mont-Chauve (Charmont), ainsi nommé parce que sa crête, qui s'avance en avant du Mont-Jond, sur le chemin des anciennes arènes de la ville, est aride et dénuée de toute végétation. Il existait, à cette époque, dans la rue que je viens de signaler, une maison construite comme le

sont encore aujourd'hui celles de la région
des montagnes de la Franche-Comté, c'est-
à-dire bâtie avec un toit à deux versants
inclinés, dont l'un, tourné au midi, forme
un agreste portique, contenant pour l'or-
dinaire le bois nécessaire au chauffage de
l'habitation, quelques légumes secs, des
outils, et toujours un large banc pour
s'asseoir.

La maison, dont il est ici question, occupait un vaste emplacement contigu à un
bastion terrassé des fortifications qui ve-
naient d'être, au moment où commence ce
récit, récemment améliorées par le célèbre
ingénieur Vauban, après l'annexion de Besançon à la France, l'an de grâce 1674. Sur
la façade de cette maison, on lisait en grosses
lettres imprimées ces mots : *Ferry Myon,*
maître menuisier, prend des apprentis.

L'outan de cette maison, c'est-à-dire,

l'appartement qui sert tout à la fois, aux paysans de la Franche-Comté, de salon, d'atelier et de cuisine, était encombré, ce jour-là, de tous les apprêts d'un repas destiné à être mangé sur l'herbe. Une jolie fillette de quinze ans, dont les yeux veloutés et le teint brun décelaient une origine espagnole, s'occupait à remplir une corbeille de cerises, tandis que sa mère emballait une tourte à la viande, et que le père Myon achevait d'entortiller dans l'un des pendants d'une besace une bouteille de grès contenant la provision de vin pour le repas champêtre.

Toute la famille Myon, y compris leurs deux apprentis Valentin et petit Luc, se disposaient à aller entendre la messe à Saint-Fergeux, lieu où devait se tenir, ce jour même, une assemblée. On devait ensuite passer le reste de la journée de la fête patronale tant à la butte qu'à la pelouse, côté oriental du roc sur lequel est situé Saint-Fergeux, et où l'on voit, dit-on, des lichens rouges marquant encore sur la roche nue la trace des pas des deux apôtres, frères et martyrs, saint Ferréol et saint Fergeux, dont l'église de ce nom conserve les mortelles dépouilles.

« Petit Luc, dit Mme Nicole Myon au plus jeune des apprentis de son mari, petit Luc, viens ici, soulève ce panier et dis-nous si tu te sens la force de le porter seul, ou bien s'il faut y adapter une corde afin que Gervaise puisse t'aider à en supporter le poids?... Eh bien! où est-il donc ce bambin? Jamais il n'est là quand on a besoin de lui. Petit Luc! petit Luc!

— Me voici, ma bonne Mme Myon! me voici, répond d'une voix essoufflée petit Luc, qui, en même temps, montra sa tête blonde à travers les barreaux de l'unique fenêtre de l'outan. Me voici, je suis prêt à partir, et je porterai tout ce qu'il vous plaira.

— C'est-à-dire tout ce que tu pourras porter, répliqua Gervaise; allons, avance ici, soulève ce panier. Mais d'où viens-tu donc? tu es en nage et tout en sueur, ajouta-t-elle en lui passant l'anse du panier au bras.

— Aïe! cria petit Luc qui, tout en faisant signe à Gervaise de se taire, laissa choir le panier.... Aïe! ciel! mon Dieu! pardonnez-moi, Mme Nicole. Seigneur Jésus, ayez pitié de moi! La tourte est en morceaux.... Je vous assure, Mme Nicole, que ce n'est pas ma faute.... c'est parce que....

— C'est parce que tu n'es qu'un polisson, un indocile, un fainéant, un vaurien! s'écria maître Myon que la vue du désastre causé par la chute du panier à provisions mettait fort en colère. J'aurais dû déjà vingt

fois, continua-t-il, mettre ce garnement-là
à la porte. Ah! si ce n'était la crainte d'af-
fliger ta pauvre famille, et aussi de faire
plaisir à ta paresse, je te ferais joliment
tourner les talons! Mais je ne te procurerai
pas le loisir de fainéantiser, je te garderai
ici, je t'y châtierai! » Et en achevant ces
mots, le menuisier saisit une lanière; il
allait en appliquer quelques coups sur le
dos du petit Luc, quand, heureusement pour
celui-ci, Gervaise parvint à détourner le
bras de son père. « Il est blessé, s'écria
la jeune fille; regardez, le sang coule.... sa
manche en est pleine.... D'où vient ce
sang, » dit-elle en s'emparant du bras de
l'enfant.

Celui-ci jeta sur sa belle protectrice un
-tendre et suppliant regard! « Pour l'amour
du bon Dieu, M\ue Gervaise, lui dit-il tout
bas, ne dites pas, je vous en conjure, que

c'est la petite scie du maître qui m'a blessé ;
il devinerait que je l'avais cachée sous mon
surcot. »

Mais, hélas ! cette recommandation était
déjà devenue inutile par la dénonciation de
Valentin, l'aîné des apprentis, lequel élevait
en l'air la malheureuse scie. La vue de cette
scie, que petit Luc avait dérobée et cachée
sous la manche de son vêtement, exaspéra
le menuisier.

« Encore ! s'écria-t-il d'une voix formi-
dable ; je t'y prends encore à dérober mes
outils ! Tu as osé, malgré ma défense, t'emparer de ma scie en acier !... Tu l'as ébréchée
sans doute, et il en est probablement de
même de mon ciseau et de mon tranchet ?
Tu n'es qu'un misérable, un voleur !...

— Mon maître, non, repartit Valentin,
ce n'est pas un voleur. S'il prend vos outils,
c'est pour s'en servir et non pour les

emporter ; vous ne savez donc pas, continua-
t-il, que ce monsieur, qui boude chaque
fois qu'il faut raboter une planche, passerait
la nuit, si je n'y mettais obstacle, à couper
notre meilleur bois en petits morceaux. C'est
un gâcheur, un gaspilleur, qui de sa vie
ne fera jamais rien s'il continue. Quant à
devenir un menuisier, c'est moi qui l'en
défie ; je lui prédis même qu'il est inca-
pable d'apprendre les premières notions du
métier....

— Ah ! pour le coup, Valentin, reprit la
mère Myon évidemment impatientée de la
longueur de la remontrance, tu choisis mal
ton moment pour lui dire sa bonne aventure.
Le père est fâché, et il n'est pas bien à toi
de surenchérir sur son mécontentement au
détriment de ton camarade !

— Je n'ai nul besoin qu'on m'excite
contre lui, repartit Myon ; et il va me payer

ses fredaines une fois pour toutes.... » En achevant ces paroles, le menuisier leva de nouveau le bras sur son apprenti.

Petit Luc se jeta à genoux; il joignit les mains. « Pardonnez-moi, je vous en conjure, M. Myon, dit-il en pleurant; je ne suis point un voleur, Mme Nicole vous le dira : le bois que je prends n'est bon à rien, et je n'ai jamais ébréché vos outils.

— Pour cela, c'est la vérité pure, reprit Mme Myon; il s'amuse avec le bois comme tous les enfants; et quant aux outils, il ne s'en servira plus, je m'en rends caution.... Voyons, Luc, relève-toi! Gervaise panse-lui le bras et partons; car si nous allons de ce train-là, nous n'arriverons à Saint-Fergeux qu'après la messe.

— Ah ça, tu t'imagines, femme, reprit Myon, que j'emmènerai ce drôle à Saint-Fergeux? Tu penses qu'après ce qui vient

5

de se passer, je persisterai à m'ennuyer de
sa compagnie; c'est trop présumer de ma
bonté. Il passera sa journée dans la cave;
c'est le seul endroit qu'il verra aujourd'hui.
C'est moi qui le lui promets....

— Ah! bien ouiche, la cave, répondit
la bonne mère; la cave, mon cher homme,
est faite pour les tonneaux, et seulement
favorable aux rats. Petit Luc va nous suivre
à l'église, c'est un bon endroit pour lui;
il priera Dieu de le rendre sage et grand.
N'est-il pas vrai, petit Luc? Tu lui deman-
deras aussi la grâce de ne plus te laisser
tenter par la vue des outils.... Allons, petit,
dis au maître qu'il te pardonne; et toi, Gervaise, aide Valentin à se charger de la besace;
je porterai le panier aux provisions, et c'est
véritablement par là que j'aurais dû com-
mencer. »

Pendant la fête de Saint-Fergeux.

Gervaise et petit Luc s'aimaient tendrement : elle, parce qu'il était petit et qu'elle
le protégeait ; lui, parce qu'elle était grande
et aussi bonne que belle.... Chemin faisant,
Gervaise fit la morale à petit Luc :

« Tu ne te corrigeras donc jamais, lui
dit-elle, de ce vilain défaut de t'emparer de
tout ce qui te tombe sous la main ?

— Oh ! Mlle Gervaise, je ne m'empare
pas des outils de maître Myon ; et si vous
saviez !

— Quoi ! que faudrait-il que je sache ?

— Rien, mademoiselle.

— Comment rien ?

— Sans doute, puisque c'est une surprise....

— La meilleure surprise que tu puisses

mo faire, c'est de te corriger. Promets-moi
que tu ne toucheras plus jamais aux outils
de mon père, que tu te contenteras de ceux
qu'on te donne pour ton travail quotidien ;
promets-moi cela.

— Dans quelques jours, quand j'aurai
fini, ajouta Luc en rougissant.

— Fini, quoi ? répliqua la jeune fille.
Quel mystère me fais-tu donc, petit Luc ?

— Ne me le demandez pas aujourd'hui,
Mlle Gervaise, je ne vous répondrai pas, c'est
sûr. »

Puis, comme la jeune fille se préparait
à l'admonester de nouveau, l'enfant prit sa
course vers une fontaine qui coulait au bas de
la pente qu'ils gravissaient en ce moment.

« C'est bien perdre son temps que de le
passer à prêcher Luc, dit Valentin à Gervaise ; je ne connais personne d'aussi entêté
que lui. Lorsqu'il a mis quelque chose dans

sa tête, cette chose y reste et n'en sort
plus.

— C'est pour cela que toute ma vie j'ai-
merai Mlle Gervaise, répondit Luc tout en
courant. Je serai aussi fidèle à mon amitié
pour elle qu'au sentiment que je vous porte,
vilain rapporteur.

— Ce qui veut dire que tu me détestes.
Eh bien, mon garçon, la chose m'est parfaitement égale, répondit Valentin. Mais, mon
doux Jésus ! que tient-il à la main, continua
l'apprenti. Ciel ! c'est de la terre glaise !... Et
que veux-tu faire de cela à l'église, mauvais
garnement ?...

— Allons ! allons ! Valentin, cria Mme Myon
qui marchait avec son époux un peu en
arrière de sa fille et des apprentis, ne ba-
varde pas tant, hâte le pas. La messe sonne,
et il faut trouver à serrer nos provisions
avant d'entrer à l'église. »

Il faisait, ce jour-là, une chaleur excessive.
Les alentours du saint lieu étaient encom-
brés de monde ; et la foule se pressait telle-
ment sous le porche de l'église, que la famille
Myon fut contrainte de prendre place auprès
du bénitier qui se trouve en face de la chapelle de la sainte Vierge.

Petit Luc ne quittait pas Gervaise ; et les
chaises venant à manquer dans l'église, il
dut s'assoir sur celle qui servait de prie-
Dieu à la jeune fille, et se tenir debout
quand celle-ci s'agenouillait.

La messe commença au milieu d'un re-
cueillement général. Puis, après la lecture
de l'Evangile, le prêtre officiant s'assit ; et
dom Grappin, le savant supérieur des Béné-
dictins, monta en chaire. C'était une bonne
fortune pour l'auditoire ; dom Grappin avait
une belle voix, beaucoup d'érudition et l'é-
locution facile.... Mais Gervaise n'avait

point atteint l'âge où l'éloquence sacrée
tient l'esprit en suspens et le cœur en émoi.
La vie monotone, simple, modeste et la-
borieuse qu'elle menait chez ses parents,
ne la prédisposait pas non plus à se montrer
sensible aux beautés des mouvements ora-
toires; son âme candide avait peu réfléchi
jusque-là, et son innocence, en ne prévoyant
pas le danger, la laissait indifférente dans
les précautions qu'on lui signalait comme
nécessaires pour éviter un mal qu'elle ne
connaissait pas.... J'ai déjà dit que la chaleur était accablante ce jour-là. D'une autre
part, les parfums divers qui s'exhalaient
dans l'église, portant le cerveau à la somnolence, Germaine s'endormit.... Il paraît,
du reste, que c'était assez son habitude de
dormir au sermon; car petit Luc paraissait,
depuis quelques instants, guetter de l'œil
le moment où la brune tête de la jeune fille

s'inclinerait sur son sein pour sortir de sa poche la pelotte de terre glaise qu'il y avait enfoncée après l'apostrophe que la vue de celle-ci avait provoquée de la part de son compagnon Valentin.

Gervaise endormie, et les voisins du petit Luc étant plus ou moins attentifs à la parole du prélat qui occupait la chaire sacrée, l'enfant, après s'être assuré qu'il n'était point surveillé, tourna les yeux du côté de la statue de la sainte Vierge, et, ses doigts obéissant à la direction de ses yeux, il se mit à pétrir l'argile.... De temps en temps il jetait un regard autour de lui, il trempait furtivement la main dans le bénitier, l'en retirait avec précaution, et souriait d'aise chaque fois qu'à la suite de ce manège la pâte, qu'il maniait avec délicatesse, s'imbibait d'eau et s'étanchait sans pour cela sécher trop vite. L'ardeur qu'il mettait à son travail lui perlait son front de sueur, et finit par l'absorber si complétement qu'il ne s'aperçut pas que le sermon était terminé. Cependant, les chantres entonnaient de toute la force de leurs poumons le *Credo*. Gervaise achevait de secouer sa torpeur, et l'œil inquisiteur de M. Myon, fixé sur petit Luc, cherchait vainement à se rendre compte de l'occupation présente de son apprenti.

Petit Luc, dont on n'apercevait que le dos en voûte, releva enfin la tête. La terrible expression de menace, qu'il lut en cet instant sur le visage courroucé de son maître, le fit trembler de tous ses membres; il craignit que celui-ci ne l'obligeât à montrer ce qu'il pétrissait sous ses doigts. Et, afin d'éviter ce malheur, il fit volte-face à la chaise de Gervaise, et se blottit derrière le bénitier; puis, tandis que les fidèles, pieusement agenouillés, s'effaçaient dans leur humilité à l'instant où les chantres prononcent *Et homo factus est*, petit Luc se releva subitement de la place qu'il avait prise et trempa dans le bénitier l'objet d'argile qu'il venait de confectionner avec tant de joie et d'ardeur. Ceci fait, il mit cet objet dans sa poche et vint tranquillement se remettre sur la chaise de Gervaise, qu'il ne quitta plus tant que dura la messe.

Le reste de la journée se passa pour lui sans encombre. La famille Myon s'installa pour dîner tout proche une fontaine où petit Luc, en compagnie de Gervaise, put faire une ample moisson de fleurs de toutes sortes. On ne rentra que fort tard à Besançon. Petit Luc, qui avait fait de son chapeau une corbeille, demanda, en rentrant, à M⁽ᵐᵉ⁾ Myon un vase pour y faire tremper ses narcisses. On s'étonna. Gervaise avait cru que les fleurs étaient pour elle, et le dit ingénue-

ment à son petit protégé; mais celui-ci fit
la sourde oreille, et se contenta d'échanger
un signe d'intelligence avec Mme Myon et
Valentin qui, contre son habitude, ne trouva
rien à redire dans les airs mystérieux de
petit Luc.

La fête de Gervaise.

Ce n'était pas sans avoir un motif plau-
sible que petit Luc avait fait la réserve de
son bouquet : il comptait l'offrir à Gervaise
le jour de sa fête, qui se célèbre le 19 juin,
quatre jours après la Saint-Fergeux. Afin
de solenniser cette époque, M. Myon invi-
tait grande compagnie, d'abord les quatre
ouvriers qui, en surplus de Luc et de Valentin, travaillaient chez lui en attendant
leur maîtrise, puis tous ses voisins.... On
était dans l'habitude, pour cette occasion,

de dresser la table sous le portique, que
Valentin tendait de toile et ornait de guirlandes de pins ou de buis. Gervaise se parait
de ses plus beaux atours, et Mme Myon
faisait assaut de talents culinaires avec une
femme à la journée qu'elle prenait ce jour-là
pour l'aider dans ses apprêts de cuisine.
L'anniversaire du 19 juin 1742 s'annonçait
chez le menuisier Myon sous les plus heureux auspices. Le temps était superbe ; aucune provision n'avait manqué. Gervaise
étrennait un habit neuf. Mme Myon s'était
surpassée dans la confection des tartes aux
cerises. Enfin, petit Luc n'avait pas mérité
une seule fois d'être reprimandé par maître
Myon durant cette belle matinée qui devait
précéder le festin annuel de la Saint-Gervais.

Vers deux heures de l'après-midi, chacun
des convives prit place autour du banquet.
La société avait bon appétit ; les mets étaient

succulents, et je vous donne à penser si
l'on fit bonne chère! Durant une heure au
moins, on ne s'occupa qu'à manger. Petit
Luc seul ne touchait à rien; il se levait,
s'asseyait, allait du portique à la maison
et de la cuisine à la table sans pouvoir rester
en place plus de cinq minutes. La mère
Myon riait en observant son manège.

« Goûte donc à ce rôti, petit Luc, lui
disait-elle; tu ne manges pas; serais-tu
malade, ou bien ne trouves-tu donc rien de
bon sur la table ?...

— Oh! par exemple! madame, s'écriait
l'enfant. Trouver rien de bon! je serais bien
difficile. Tout ce que vous avez servi est
excellent; mais je ne puis pas absolument
manger. La joie m'étouffe; je voudrais déjà
être au dessert!...

— Prends patience, il viendra à son tour,
répondait Mme Myon en clignant de l'œil;

6*

en attendant, assieds-toi, et fais honneur
à mon dîner, ou je me fâche. »

Petit Luc essayait d'obéir, mais c'était
en vain qu'on lui mettait les meilleures
choses sur son assiette, elles y restaient
sans qu'il y touchât.

L'instant du dessert arriva enfin; la nappe
blanche se couvrit de gâteaux, de fruits et
de confitures. Puis, Valentin vint placer
devant Gervaise un énorme biscuit surmonté
d'un bouquet... « Bonne fête à Mlle Gervaise! »
s'écriaient alors les convives en se levant de
table pour embrasser la jeune fille. Celle-ci,
rouge de honte et de bonheur, se prêta
avec modestie à toutes les accolades, et
chercha des yeux petit Luc, parmi la foule
qui se pressait autour d'elle. L'enfant se
tenait timidement à distance; il portait avec
précaution un objet qu'il cherchait à dérober
à tous les regards, voulant sans doute que

Gervaise en eût la primeur. Lorsqu'enfin il vît celle-ci à peu près libre, il s'approcha tout tremblant et posa devant elle une statuette de la sainte Vierge, haute de quelques centimètres. Cette statuette, pétrie en terre glaise, était appuyée sur un socle en bois sculpté, figurant une guirlande de myosotis. « A mon tour, Mlle Gervaise, dit-il d'un accent ému, à mon tour, je vous souhaite une bonne fête !... » Gervaise, attendrie, attira l'enfant sur son sein. « Cher, cher petit Luc ! » Voilà tout ce qu'elle put dire pour le remercier. Quant à celui-ci, l'orgueil, le bonheur le suffoquant, il fondit en larmes.... On pleure de joie comme de douleur.

La petite vierge passa ensuite de mains en mains. « Voyons ce chef-d'œuvre, s'écria maître Myon. J'ai droit d'y toucher, vu qu'il m'a valu la casse de plus d'un bon outil....

» Jésus, Maria ! s'écria-t-il en examinant de près la statuette; Jésus, Maria ! Et c'est vraiment toi, petit Luc, qui as sculpté ce socle et modelé cette vierge ?

— Oui, c'est moi, dit l'enfant en relevant fièrement la tête, c'est moi, maître Myon. Oh ! que je suis heureux d'avoir fait plaisir à M\ʳˡᵉ Gervaise, ajouta-t-il en se jetant de nouveau dans les bras de celle-ci.

— Eh bien, mon enfant, repartit le maître, Valentin avait raison de prédire que tu ne ferais pas un menuisier. Le rabot ne sied pas à la main d'un artiste; et tu seras un grand artiste, petit Luc. »

Puis maître Myon se leva et vint embrasser petit Luc. Gervaise proposa sa santé. Il fut le véritable héros de la fête.

Quelques jours plus tard, petit Luc vint, les larmes aux yeux, dire adieu à Gervaise. Il entrait, pour suivre sa vocation, comme élève chez un sculpteur en bois. La jeune fille et le petit garçon se firent de tendres adieux. La première regrettait de quitter son aimable petit protégé; quant à petit Luc, il faut bien l'avouer, l'amour de l'art occupait déjà la première place dans son cœur. Néanmoins, ce ne fut pas sans chagrin qu'il se sépara de Gervaise, et, durant sa longue et glorieuse carrière, il n'oublia jamais le rayon de bonheur que l'affection de la jeune fille avait jeté sur sa pauvre et malheureuse enfance.

Quelques années plus tard, petit Luc, devenu grand et déjà habile dans l'art de sculpteur sur bois, s'en fut à Dôle, où il entra chez Attiret, qui n'avait que quelques années de plus que lui, et dont la réputation était déjà faite. Enfin, et toujours en suivant sa vocation, il parvint à se procurer le moyen de se rendre à

Rome, et profita, pour cela faire, d'une
galère du Pape, qui partait pour Civitta-
Vecchia.

Arrivé à Rome, il y partagea son temps
entre la sculpture d'ornement, qui le faisait vivre, et ses études à l'Académie,
dont il espérait le talent et la gloire.... Sa
persévérance fut couronnée du plus grand
succès. Le 8 septembre 1758, Luc-François
Breton (petit Luc, l'apprenti menuisier)
remportait le premier prix de sculpture de
l'Académie; il était grand prix de Rome....
Ce succès intéressa en sa faveur le directeur
de l'école française, qui le fit admettre pen-
sionnaire de cet établissement. Dès lors,
Luc Breton, déchargé des soucis de la vie
matérielle, se livra tout entier à l'art.

Il revint à Besançon, en 1774, remplir
les fonctions de professeur de sculpture à
l'Académie, qui venait d'être fondée par les

soins de M. de Lacoré, intendant de Bourgogne.

Luc Breton est mort en 1800.

L'église Saint-Pierre de Besançon conserve un groupe admirable dû au ciseau de cet habile artiste. Ce groupe en pierre de Tonnerre, représente la Vierge assise tenant le Christ mort sur ses genoux. Il n'est pas le seul chef-d'œuvre dont Luc Breton ait doté la ville qui l'a vu naître et qu'il a illustrée.

FIN

— Lille. Typ. J. Lefort. 1878 —